Iphorismen

Von Ute-Marion Wilkesmann

Iphorismen

Nachfolger der Aphorismen

Von Ute-Marion Wilkesmann

Bibliografische Information der Deutschen Nationalbibliothek:
Die Deutsche Nationalbibliothek verzeichnet diese
Publikation in der Deutschen Nationalbibliografie;
detaillierte bibliografische Daten sind im Internet über
dnb.dnb.de abrufbar.

© 2021 Ute-Marion Wilkesmann

Herstellung und Verlag:
BoD – Books on Demand, Norderstedt

ISBN: 978-3-7543-5693-7

Erst kommen die Aphorismen

Ein Aphorismus ist ein kurz formulierter geistreicher Sinnspruch, der in sich geschlossen ist. Meist ist es ein einzelner Satz, und er ist in Prosa verfasst, also nicht in Gedichtform. Dieser Spruch will manchmal tiefsinnig, manchmal humorvoll oder auch hintergründig vermitteln, was jemand erkannt, erfahren oder erlebt hat.

Da dies kein wissenschaftlicher Text ist, darf ich Wikipedia zitieren:

> Erst seit dem frühen 20. Jahrhundert wird der Aphorismus als eigenständige Prosagattung anerkannt und erforscht. [...] Besonders wenn ein Sprachbild aufgegriffen und bildlich verlängert wird, führt die antithetische Wendung häufig zum Paradoxon, zum Beispiel, *Mit dem Band, das ihre Herzen binden sollte, haben sie ihren Frieden stranguliert* (Lichtenberg). [https://de.wikipedia.org/wiki/Aphorismus abgerufen am 7.10.21].

Und was ist ein Iphorismus?

Iphorismen sind auch kurz. Sie reißen ebenfalls Erfahrungen an oder vermitteln Gedanken. Aber sie maßen sich nicht an, hohe Literatur zu sein oder philosophisches Gedankengut zu vermitteln.

Wer einen Iphorismus liest, ist möglicherweise entsetzt und sagt: „Ihhhh[, wie blöde ist das denn]!"

Vermutlich darf ich mich dann auch Iphoristikerin nennen. In der Gattung der Iphoristiker bin ich die erste. Iphorismustreffen sind noch keine geplant, Doktorarbeiten darüber gibt es auch noch nicht. Aber nur Mut (sage ich zu mir selbst), das kann ja noch werden!

Gebrauchsanleitung
Bitte pro Tag nur einen Iphorismus lesen. Wer mehr liest, wird noch verwirrter.

9. Juli
Der 9. Juli ist der Welttag des Iphorismus.

10. Juli
Ich habe fünf Kalender. In keinem ist der 10. Juli als ein besonderer Tag markiert.

11. Juli
Wenn man bedenkt, wie viele Leute sich schon totgelacht haben, ist Auferstehung als Phänomen gar nicht so selten.

12. Juli
Ich kann nicht Fahrrad fahren und ich mag Fußball überhaupt nicht. Da zählt Old School nicht mal als Entschuldigung!

13. Juli
Dem Menschen ist es in der Regel zu eigen, sich sehr stark an negative Dinge zu erinnern und weniger an positive. Wäre es da nicht an der Zeit, eine Richtung „negatives Denken" zu propagieren, weil es der menschlichen Natur mehr entspricht?

14. Juli

Gestern Abend im Bett fiel mir ein genialer Iphorismus ein. Der war so gut, ich hätte ihn sogar in eine Aphorismensammlung aufnehmen können. Leider weiß ich ihn nicht mehr.

15. Juli

Ich kaufe immer Dinge zum günstigen Preis. Dafür ist mir kein Weg zu weit!

16. Juli

Gestern war der 15. Juli und morgen ist der 17. Juli. Solange der gregorianische Kalender gilt, stimmt das immer. Trotzdem ist es nicht langweilig.

17. Juli

Gestern war der 16. Juli und morgen ist der 18. Juli. Wenigstens darauf kann ich mich verlassen.

18. Juli

Ich lese bei Büchern das Ende zuerst. Dann weiß ich, ob sich die komplette Lektüre lohnt.

19. Juli
Tun dir deine Füße weh?
Sind sie ganz errötet?
Schneid dir nicht die Ferse ab.
S'ist der Schuh der tötet.

Wobei – ich weiß gar nicht, ob Iphorismen mit Reimen erlaubt sind.

20. Juli
Ein Genie, das nie Termine hält, hilft auch nicht.

21. Juli
Heute vor einem Monat war Sommeranfang.

22. Juli
Wenn sich eine Blase am Fuß bildet, ist nicht der Fuß zu groß.

23. Juli
Fragen kostet nichts. Genau das ist das Problem.

24. Juli
Wer nie festgehalten hat, kann auch nicht loslassen.

25. Juli
Wie schlimm wäre es, wenn mir für diesen Tag kein Iphorismus einfiele?

26. Juli
Ich wollte nie noch einmal von vorn anfangen. Warum auf meine Erfahrungen und alles Gelernte verzichten?

27. Juli
Wenn der Weg das Ziel wäre, gäbe es das Wort ‚Weg' nicht.

28. Juli
Wenn der Weg das Ziel wäre, gäbe es steinige Ziele.

29. Juli
Wenn der Weg das Ziel wäre, gäbe es Einzielhandschuhe.

30. Juli
Heute ist nicht mein Geburtstag. In manchen Jahren könnte ich das noch an 364 Tagen sagen.

31. Juli
Hieße der Februar Juli, gäbe es heute nicht.

1. August
Wenn Erich Kästner nicht das Buch *Der 35. Mai* geschrieben hätte, könnte ich jetzt *Der 0. August* schreiben.

2. August
Weil nicht jeder Onlineshop beim Geburtstag bis zum Jahr 1900 zurückgeht, habe ich mich mit mir selbst auf den 21. Februar 1930 als meinen Geburtstag geeinigt.

3. August
Drei plus acht ist elf. Drei mal acht ist vierundzwanzig. Das muss ich mir für den 8. März merken.

4. August
Ich habe in meinem Leben keine Ziele gehabt. Deshalb habe ich sie alle erreicht.

5. August
Wer schläft, sündigt nicht. Also sollte man in Venedig nicht schlafen.

6. August
Nicht alle Iphorismen sind gut. Das macht nichts, denn sie erheben auch diesen Anspruch nicht.

7. August
Heute ist der National Lighthouse Day in den USA. Ich ernenne ihn in unserem Sprachraum daher zum nationalen Dunkelhüttentag.

8. August
Am besten deckt man unangenehme Text durch Aufkleben eines braunen Klebebands ab, bevor man sie liest.

9. August
Eine Anzeige für „aufblasbare Reise-Nackenhörnchen" kann kommentarlos hier zitiert werden.

10. August
Ich bin für die Gestaltung von Zuhause-Fußigelchen.

11. August

Ich spare jetzt, bis ich 4000 Euro zusammenhabe. Dann kann ich mir 100 000 ISBN-Nummern kaufen und habe noch Geld übrig!

12. August

Ich mag frohe Nachrichten lieber als traurige. Aber auf mich hört ja niemand.

13. August

Warum widersetzen sich Journalisten/Medien so penetrant dem positiven Denken?

14. August

Witzbolde gibt es, Witzbolden auch? Und was ist mit den Witzholden und ihrem Gegenstück, den Witzunholden? Definitionen erwünscht!

15. August

Immer alles zu Ende zu führen, was man angefangen hat, klingt zwanghaft.

16. August

Das Schöne am Iphorismus ist, dass er der Autorin, also mir, den Freiraum lässt, den Stil oder die Intention jeden Tag neu zu definieren.

17. August
Menschen, die über Langeweile klagen, deponieren ihren Kopf vermutlich im Kühlschrank.

18. August
Der Arzt denkt. Der Patient lenkt. Hoffentlich.

19. August
Würde sich die Welt verändern, wenn wir statt Baum von nun an Muba sagen?

20. August
Meine Kontaktliste hat sechzig Einträge. Ich muss sie wieder einmal von überflüssigen Nummern befreien.

21. August
Deppenselbstgefühl ist bei mir genetisch nicht angelegt.

22. August
Ich suche nicht das große Glück. Mir reicht es, wenn meine Tage langweilig sind.

23. August
Besteht zwischen der Zunahme der dummen Glückssprüche und der Verstärkung des Klimawandels ein Kausalzusammenhang?

24. August
Früher war nicht alles besser, sondern heute ist alles schlechter. Originell formuliert, aber nicht meine Meinung.

25. August
Onlinebanking wurde nur deshalb eingeführt, weil man mit einem PC keinen Scheck ausfüllen kann.

26. August
Was den Schlaf ausmacht ist das „L".

27. August
Treu ist von Unlosigkeit umzingelt.

28. August
Nur wenige Wörter sind so vielseitig wie der Bau mit Vor, Unter, Über, Auf, An, Ab, Tage, Turm, Raub, IG ...

29. August
Sind zwei Halbgutmenschen zusammen ein ganzer Gutmensch oder doch nur zwei halbe?

30. August
Ich bin ein heldenhafter Feigling, denn ich gebe zu, ein Feigling zu sein.

31. August
Ab Morgen gibt es Weihnachtssüßigkeiten in den Supermärkten.

1. September
Wer bügelt, ist selbst schuld.

2. September
Rette den, der nicht kann.

3. September
Ich beantrage die Einführung von Rententüten.

4. September
Ich lasse mir kein V für ein U vormachen und kein Y für ein X, und schon gar nicht ein B für ein Z.

5. September
5 x 5 = 5 * 5 = 5^2

6. September
„Man kann es auch wieder deinstallieren." Leider nicht immer komplett.

7. September
Wichtige Telefonnummern sind immer noch am besten auf Papier aufgehoben.

8. September
Lange habe ich am idealen Passwort gearbeitet, das ich in allen Onlineshops und bei den Banken verwenden kann: Ich-vergesS+d8ch:N00i$e

9. September
Danke, das ist ein wichtiger Hinweis für mein Leben.

10. September
Semifreie Tage soll man sich nicht vorbeiwünschen.

11. September
Es ist ein ehernes Gesetz, dass man sich in den ersten Urlaubstagen so elend fühlt, dass man sich fragt, ob man den Urlaub nicht besser gelassen hätte.

12. September
Wer mich in der Küche inspirieren will, hat nicht verstanden, was lecker kochen bedeutet.

13. September
Ich überlege immer wieder, wie die Welt aussähe, wenn die Steuer zehn Prozent betrüge, dafür aber keiner etwas absetzen könnte.

14. September
Man kommt auch durchs Leben, wenn man nie Rolltreppe fährt.

15. September
Kreuzfahrten sind Edelgefängnisse auf dem Wasser.

16. September
Wenn es heute regnet, ist das bestimmt zu viel. Oder der Regen reicht nicht.

17. September
Individualität ist zur Uniform geworden.

18. September
Lieber habe ich eingerissene Seiten im Buch als Markierungen.

19. September
„Man kann es auch wieder deinstallieren." Wie wär's mit: „Man kann ihn/sie auch wieder deinstallieren."?

20. September
Manch einer hätte gern eine Delete-Taste, wenn er redet.

21. September
Eines der dümmsten Argumente für Geiz ist: „Dem Bettler gebe ich nichts, der versäuft es ja doch nur."

22. September
Der Unterschied zwischen Nachgeben und Gehorchen ist manchmal nur schwer erkennbar.

23. September
Ich habe vieles angefangen, was ich nicht zu Ende geführt, sondern abgebrochen habe. Trotzdem gelte ich als Perfektionistin.

24. September
„How about another cup of tea?"
„I would love a cup of tea! I bring my cup."
(Statistisch meist gesprochener Dialog bei mir zu Hause.)

25. September
Die Eigenschaften ‚männlich' und ‚jünger als 35 Jahre' machen niemanden automatisch zum Computer- und Softwareexperten.

26. September
Wer vom Dreimeterbrett springen soll, hört: „Nur Mut!" Also sage dem Nächsten, der krank wird: „Nur Tapferkeit!"

27. September
Heute ist ein guter Tag, um der Bäckereifachverkäuferin zu sagen „Stimmt so".

28. September
Welcher Rentner sagt: „Weniger ist mehr!"?

29. September
Es ist das Privileg von Müttern, dass ihre Kinder am schönsten um am klügsten sind. Wenn sie das nur nicht ständig verabsolutieren würden.

30. September
Als Betreff in meinem Leben wähle ich ‚Kein Betreff'.

31. September
Mich gibt's gar nicht!

1. Oktober
Ich habe genau die dicken Adern auf den Handrücken, die ich bei meiner Großmutter immer so fies-verschiebbar fand.

2. Oktober
Seit 1927 wird in fast allen islamischen Ländern im Alltags- und Wirtschaftsleben der gregorianische (Sonnen-)Kalender verwendet (Wikipedia).

3. Oktober

„Entweder du tust das, oder ich ..." ist wie eine magische Aufforderung zum Nichtstun für mich.

4. Oktober

Kontrolle. In der Straßenbahn von mir aus, in meinem Privatleben, lass es!

5. Oktober

Minderheiten sollten nicht immer geschützt werden. Mörder sind, so hoffe ich doch, in der Minderheit.

6. Oktober

Wissenschaftliches Vorgehen hilft auch bei der Herstellung leckerer Speisen.

7. Oktober

Gegen Müdigkeit hilft ganz überraschend Schlafen.

8. Oktober

Heute ist nicht mein Geburtstag, auch wenn mein Sternzeichen Waage ist.

9. Oktober

Wenn mein Finger weh tut, hat es keinen Sinn, meinen Fuß zu bandagieren. (Klingt gut und ist komplett hohl, solange es nicht ein Esoteriker interpretiert.)

10. Oktober

Wie konnten die Ägypter die Pyramiden bloß ohne Silikon bauen?

11. Oktober

Vermutlich wären die Maya-Tempel mit Silikon zusammengeklebt heute noch in Topform.

12. Oktober

Bitte lasst mich den Tag heute auf einer Skala von -10 (schrecklich) bis +10 (wunderbar) beurteilen.

13. Oktober

Shadows On The Wall muss das Lieblingslied der Designer bei Microsoft sein.

14. Oktober

Und ich sage euch: Wenn heute nicht Sonntag ist, wird einer der nächsten sechs Tage ein Sonntag sein.

15. Oktober
Ich weiß nie so genau, wann das Ende des Monats anfängt.

16. Oktober
Nicht alle Menschen können nähen, weder Hüte noch Kleider. Die meisten aus dieser Gruppe können dennoch Fäden vernähen.

17. Oktober
Man fängt jeden Tag wieder bei null an. Das kann von Vorteil sein, aber auch von Nachteil.

18. Oktober
Eine Minute hat 60 Sekunden. Wie viele Sekunden hat dann ein Minütchen?

19. Oktober
Ab heute gilt: Menschen sind der Quotient ihrer Erziehung.

20. Oktober
Was kam zuerst: die Henne oder das Ei? Die Antwort ist einfach: der Hühnerstall.

21. Oktober

„Ich werde langsam alt!"
„Das freut mich für dich."

22. Oktober

Als Schülerin wusste ich, dass man für gute Noten in Deutschaufsätzen zwischen zwei Standpunkten auch gegen die eigene Überzeugung den Mittelweg wählen sollte. Heute erkenne ich mit Wehmut, dass es stimmt.

23. Oktober

Nicht jede Mode ist schlecht.

24. Oktober

Ich könnte statt nach Tagen die Iphorismen nach Kategorien ordnen. Davon brauche ich dann nur 366.

25. Oktober

Die deutsche Bevölkerung lässt sich in drei Gruppen einteilen: Eine Gruppe findet das Wort Gaumenfreude eklig, bei der zweiten ruft es ein Schulterzucken hervor und die dritte Gruppe reibt sich den Bauch.

26. Oktober

Mit dreizehn Jahren habe ich mich in einem Deutschaufsatz vehement für die Todesstrafe ausgesprochen, woran man sieht: Der Mensch kann dazulernen.

27. Oktober

Nicht jede Mode ist für jeden gut.

28. Oktober

Wenn ich müde bin, darf ich auch müde aussehen.

29. Oktober

Manch einer sollte Handschuhe tragen, damit er den Schmutz nicht beschmutzt.

30. Oktober

Ich beantrage Eierverpackungen für 3x3 Eier im quadratischen Karton.

31. Oktober

Ritter Sport wird mich hoffentlich nicht verklagen, wenn ich jemanden bezichtige, einen Quadratkopf zu haben.

1. November

Lasst uns diesen Tag den 1. Undecimember nennen!

2. November

Eifersucht ist eine Leidenschaft, die mit Leiden sucht, was Eifer schafft.

3. November

Grund für die Globalisierung ist sicher der tröstende Satz an Teenager: „Irgendwo auf der Welt gibt es jemanden, der genau zu dir passt!"

4. November

Wer ins Ausland fährt, sollte immer daran denken, dass man niemandem ansieht, ob er Deutsch versteht.

5. November

In Deutschland herrscht die Unsitte, dem Gast lauwarmes Wasser mit einem verpackten Teebeutel zu servieren.

6. November

Es war einmal eine Zeit, da brachten Updates von Software Fortschritte statt Umständlichkeit.

7. November
Jede Essensvorschrift, die mehr enthält als „so natürlich wie möglich" und „Maß halten" ist eine Diät.

8. November
Es gibt kein Sonnenscheinverbot für den November. Und es gibt kein Gutelauneverbot für dich oder eine Schlechtelauneverbot für mich.

9. November
Toleranz sollte man vorleben, nicht verordnen.

10. November
Wenn man die Entscheidung trifft, dass man nur noch über das redet, von dem man wirklich etwas weiß, wird das Eis sehr dünn.

11. November
Wohl dem, dessen Hobby Wäsche falten ist.

12. November
Lösungen, die nachts brillant aussehen, können bei Tageslicht den Glanz der Genialität verloren haben.

13. November

Von all den Dingen, die man sich fürs Alter nicht wünscht, steht bei mir ganz oben Verbitterung.

14. November

Meine Armbanduhr geht eine Minute nach, meine Wanduhr zwei Minuten vor und Telefon, Handy und PC liegen auch einige Sekunden auseinander.

15. November

In welchem Verhältnis steht der Kehrwert zum Saugwert?

16. November

Wer von den Alpen träumt, hat einen Alptraum. Andere träumen von Alben.

17. November

Phasenmenschen haben den Vorteil, dass sie ohne schlechtes Gewissen Dinge abbrechen und beenden können.

18. November

Ein Phänomen: Sobald ich etwas im Laden entdecke, das mir richtig gut gefällt, steigt die Chance sprunghaft an, dass es aus dem Sortiment genommen wird.

19. November

Am 19. November 1998 habe ich kein Rezept ins Internet gestellt. Aber am 19. November 2000 kamen Pineapple-Törtchen ins Spiel.

20. November

Was ich hier für einen Tag schreibe, spiegelt häufig auch wider, womit ich mich am Schreibtag beschäftigt habe.

21. November

Als ich ihn las, erkannte ich den Geburtsnamen meiner Großmutter wieder. Mehr aber auch nicht.

22. November

Das Wissen, dass es sicher irgendwo irgendwen gibt, dem es noch schlechter geht im Leben, macht das eigene Leben auch nicht besser.

23. November

Warum heißt es im Radio immer: „Wir können uns auf herrliches Wetter freuen!", wenn mir vor 35 Grad im Schatten graust?

24. November

Schuld ist das Wetter / die Computeranlage / Corona.

25. November

Peinlich sei der Mensch, hilflos und gut.

26. November

Ein guter Titel für ein Buch, eine Fernsehserie oder einen Song: *Ich gehe nicht im Urlaub zum Arzt.*

27. November

Kluge Sprüche zu klopfen, ist einfach. Beispiel: Wo ein Feuer rot brennt, rieselt weiße Asche.

28. November

Der 16. Februar 1991 war ein Samstag.

29. November

Ist kein Beitrag ein Beitrag? Ist ein weißer Fleck auf der Seite ein Beitrag?

30. November

Mir fiel ein genialer Iphorismus für den 31. November ein. Leider muss der aus gegebenem Anlass entfallen.

1. Dezember

In meiner Jugend gab es keinen Unterschied zwischen Winterbeginn und meteorologischem Winter. Schön, dass ich das erleben durfte.

2. Dezember

Eine Eismaschine macht noch keinen Sommer.

3. Dezember

Reicht das Geld für die Heizung, ist ein kalter Winter deutlich besser als ein heißer Sommer.

4. Dezember

Heute ist ein besonderer Tag, da lass ich mal 4 gerade sein!

5. Dezember

In einer Sänfte zu reisen, bedeutet nicht notwendigerweise auch, Senftee zu trinken.

6. Dezember

Ich habe mir das ganze Jahr vorgenommen, am 6.12. nichts über den Nikolaus zu schreiben.

7. Dezember

Ich gönne jedem das Schwarze unterm Fingernagel.

8. Dezember

Männer sollten weder Slipper ohne Socken noch Sandalen mit Wollsocken tragen.

9. Dezember

Lieber einen Spatz auf dem Eigenheim als eine Taube auf einer Wellblechhütte.

10. Dezember

Wer weiß, wer heute Geburtstag hat, den ich persönlich kenne, darf sich im Laufe des Nachmittags einen Lebkuchen (oder auch mehrere) kaufen.

11. Dezember

Auch im Sommer kann es regnen.

12. Dezember

Wer den Spruch von gestern peinlich findet, darf ihn mit schwarzem Filzstift durchstreichen.

13. Dezember

Kurze Sätze haben den Vorteil, dass man weniger falsche Kommas darin setzt.

14. Dezember

Lange Sätze haben den Vorteil, dass man an ihrem Ende schon fast vergessen hat, womit der Autor einen am Anfang langweilen wollte.

15. Dezember

Weihnachten ist das Fest der Liebe. Vor allem die Onlinehändler lieben ihre Bilanz in diesen Tagen (geklaut von mir selbst.)

16. Dezember

Vor Beantwortung dieser Frage ist erst einmal grundsätzlich zu klären, ob zwei Ewigkeiten länger sind als eine Unendlichkeit.

17. Dezember
Ein Klimaschutzpreis macht noch kein gutes Klima.

18. Dezember
Vakuumierer haben etwas von Dorian Gray.

19. Dezember
Der Niedergang der Sonne. Drama in drei Akten.

20. Dezember
Wenn man beim Einkauf die Gurken vergisst, muss man eben mehr Tomaten in den Salat geben.

21. Dezember
Ich sollte einige meiner Iphorismen gelb auf pinkem Hintergrund bei Facebook veröffentlichen. Sicherlich erschienen sie dann tausend Male im Status meiner Fans.

22. Dezember
Tag des Kalauers:
Wer war der erste Konfusionsrat? Konfuzius.

23. Dezember
Um Rückenschmerzen zu bekommen, muss man ein Rückgrat haben.

24. Dezember
Mehr als meinen ehemaligen Garten vermisse ich mein grünes Sofa.

25. Dezember
Was der Hinterhalt für die Hinterhältigkeit, ist der Nachhalt für die Nachhaltigkeit.

26. Dezember
Im Gegensatz zu einer ehemaligen Nachbarin bin ich überzeugt, dass Makler auch Häuser ohne Makel verkaufen.

27. Dezember
Der Mainstream liegt nicht per definitionem falsch.

28. Dezember
Eng verwandt mit dem Einzelhändler ist der Zweiamöbenfüßler.

29. Dezember
Wer erinnert sich noch an den Netscape Explorer ...?

30. Dezember
Der Erfinder des Kalauers hieß sicherlich Karl Lauer.

31. Dezember
Eine neue Baufirma.
Name: Hohlkopf&Betonkopf.

1. Januar
Bilde ein Wort mit Unze. Einfach: Rapunzel.

2. Januar
Überläufer gibt es nicht nur, wenn die Flüsse über die Ufer treten.

3. Januar
Nett ist die kleine Schwester von Scheiße. Und wer ist ihr großer Bruder?

4. Januar
Irgendwo tut immer was weh.

5. Januar
Ich finde es immer noch aufregend, ein Bücherpaket zu erhalten.

6. Januar
Wenn ich 20 000 Rezepte auf meiner Webseite haben will, muss ich entweder viel mehr in der Küche stehen oder mindestens hundert Jahre alt werden.

7. Januar
Manche albernen Dinge vergisst man nie. Das sind nicht immer die wichtigsten, wie z. B.
Hirsch heiß' ich.

8. Januar
Ist die Bibel Mainstream?

9. Januar
Wenn's heiß ist, bin ich im Gegensatz zu vielen anderen Menschen hungrig. Dafür könnte ich dauernd essen, wenn es wieder kälter wird.

10. Januar
Alkopop = Popo kla

11. Januar

Man kann sich ein tägliches Schreibziel setzen. Man sollte es so niedrig ansetzen, dass man es nur mit Mühe unterschreiten kann.

12. Januar

Wer in England seinen Arzt nach einem Recipe fragt, erntet möglicherweise einen erstaunten Blick.

13. Januar

Widersprich deinem Arzt nur, wenn du schon einen anderen in petto hast.

14. Januar

Die Möglichkeit, 150 Sender zu sehen, ist kein Schutz vor miserabler Qualität.

15. Januar

Für Optimisten bin ich ein Pessimist, für Pessimisten ein unverbesserlicher Optimist. Ich bin aber Realistin.

16. Januar

An apple a day keeps the doctor away. Helfen zehn Äpfel gegen zehn Ärzte?

17. Januar
Wende gut, Atlas gut.

18. Januar
Der Autofahrer ist ein Herdentier. Das lässt sich beim Cluster-Parken auf sonst leeren Parkplätzen beobachten.

19. Januar
Heute ist kein Dreikönigstreffen.

20. Januar
In zwölf Monaten ist – und das wird die Menschheit zum Umdenken bringen – der 20. Januar.

21. Januar
Wenn ich an jedem Tag schreibe: „Heute ist nicht Weihnachten!", bekomme ich am 24. (oder 25., je nach Konfession) Probleme.

22. Januar
Kann man einen Zeitstempel nachträglich setzen?

23. Januar
Wer jemanden kennt, der heute Geburtstag hat, darf ihm ein Geburtstagskärtchen überreichen.

24. Januar

Wenn das der letzte Schrei ist, hätte ich gern den vorletzten Schrei.

25. Januar

Wie können vier Wespen ein Insektengitter (vom Fachmann eingesetzt) plus vor die Bürste des Insektenschutzes gelegte Küchentücher durchdringen?

26. Januar

Es ist nicht mehr witzig, Ende Januar zu verkünden, dass bald Weihnachten ist.

27. Januar

Billig ist nicht immer preiswert, das ist bekannt. Billig ist nicht immer schlecht, ist auch bekannt. Was Unbekanntes zum Thema fällt mir nicht ein.

28. Januar

Tupel kannte ich vor Python nicht.

29. Januar

Der Satz „Es ist für meinen Geschmack zu kalt heute" passt immer als Einleitung für Small Talk.

30. Januar

Diskussionsthema des Tages: Wie lang darf ein Iphorismus sein?

31. Januar

Wenn man müde ist, kann schlafen helfen (alte barbarische Weisheit).

1. Februar

Auch Feuerwehrmänner essen Kuchen.

2. Februar

Zinsrechnung ist bei Nullzins obsolet.

3. Februar

Neunsamkeit ist die neue Achtsamkeit.

4. Februar

Ulden unterscheiden sich von Schulden nur durch einen Laut, in diesem Fall drei Buchstaben.

5. Februar

Ich wäre gern so reich, dass ich mir jeden Tag ein neues Handy oder sowas kaufen könnte.

6. Februar

Für Reha-Kliniken gibt es offenbar nur einen Händler, der dort das Mobiliar verkaufen darf.

7. Februar

Raspberry Pi ist keine falsch buchstabierter Himbeertorte.

8. Februar

Eine Pizza macht noch keine Pizzeria. Das Umgekehrte gilt eher nicht.

9. Februar

Kein Sprichwort trifft 100 % der angesprochenen Fälle. Das hätten nur die Erfinder gern.

10. Februar

Ich habe gelernt, dass nevertheless auf Deutsch nichtsdestowenigertrotz heißt. Seitdem suche ich einen original deutschen Satz mit diesem Wort.

11. Februar

Wut fährt rückwärts. W-UT 36 auch.

12. Februar

Auch wenn man gerne am PC sitzt, sitzt man auch gerne mal nicht vor dem PC (alte chinesische Weisheit).

13. Februar

Es ist doch unheimlich, dass das Wort Umsatzsteueridentifikationsnummer 13 Silben hat.
um-satz-steu-e-ri-den-ti-fi-ka-ti-ons-num-mer

14. Februar

Wenn die Beschreibung eines Sprachassistenten von einem Sparchassistenten schreibt, mutet mich das komisch an.

15. Februar

Wie viele Tablets sind zu viele Tablets?

16. Februar

Das unmutet mich nicht an.

17. Februar

Ich habe mal gelesen, dass Menschen, die sich Namen ausdenken, ihre tatsächlichen Initialen verwenden. Die Statistik möchte ich sehen!

18. Februar

In einem YouTube-Video von 2008 zeigte ich eine streunende Katze. Kommentar 2019: Das ist meine, die ist vor zwei Wochen weggelaufen!

19. Februar

Nicht alle Rentner haben keine Zeit oder sind stets in Eile.

20. Februar

Perfektionisten kann ein kleiner Fehler das Wochenende versauen. Mir nicht.

21. Februar

Wer in China bestellt, darf sich nicht wundern, dass die Bestellung nicht Ende der Woche eintrifft.

22. Februar

Man könnte einen Newsletter darüber schreiben, dass einem nichts zu dem Newsletter einfällt.

23. Februar

Ich war zweimal in der Küche. Macht zusammen 85 Schritte. Kam mir weniger vor.

24. Februar
Mit einem Timer kann ich meinen ganzen Tag durchtakten.

25. Februar
Ich verspreche: Am 29. Februar werde ich keine Anspielung darauf machen, dass es den 29. Februar nicht jedes Jahr gibt.

26. Februar
Programmieren lernen ohne Vorkenntnisse setzt in allen Büchern zum Programmieren erst einmal Vorkenntnisse voraus.

27. Februar
Ausgeschlafene Menschen sind munterer als nicht ausgeschlafene, was vermutlich auch bereits in einer Studie bewiesen wurde.

28. Februar
Ich misstraue Menschen, die nie nach Rezept kochen und stolz damit kokettieren.

29. Februar
Man kann sich auch an einem Keks verletzen.

1. März

Ich habe mein Versprechen gehalten.

2. März

Eine eigene Schwäche zu akzeptieren ist nicht dasselbe wie damit zu prahlen.

3. März

Rückenpulver kommt in den Kuchen (geklauter Kalauer). Frage: Müsste es nicht Rückenpowder heißen?

4. März

Professionalität schützt weder vor Dummheit noch vor Frechheit.

5. März

Früher hatte das Jahr 13 Monate. Das können Archäologen noch am 13. Monatsgehalt erkennen.

6. März

Zwischen Juni und Juli liegt der vergessene Monat Jumi.

7. März
Ist die Ähnlichkeit von Influenza und Influencer wirklich ein Zufall?

8. März
Das Decum ist das neue Novum.

9. März
Analog zu ‚Fremdschämen' schlage ich das Wort ‚Fremdpeinlichen' vor.

10. März
Manch einer ist unendlich erstaunt, wenn man ihn beim Wort nimmt.

11. März
Mittlerweile sagt man auch hierzulande zu Nudeln ‚Pasta'. Wie z. B. in Zahnpasta.

12. März
„Das Tor ist rot" ist witziger als „Das Tor ist bleg".

13. März
Kann man das Wort ‚Iphorismen' gleichsetzen mit Peinlichkeiten? Der Leser entscheidet.

14. März
Liebe kann man sich mit Geld nicht kaufen. Ein Dankeschön sollte aber drin sein.

15. März
Es hat 14 Jahre gedauert, bis ich den ersten Buchsbaumzünsler zu Gesicht bekommen habe. Und dann ist es ein Schädling, das ist gemein!

16. März
Kaffeepausen sind nichts für mich, ich bevorzuge Wasserpausen.

17. März
Intelligenz hat man nicht, wenn man ständig Witze über den Mangel derselben bei anderen macht.

18. März
Alte Weisheit: Wer um 16 Uhr noch keinen Iphorismus verfasst hat, sollte es dann auch gleich ganz lassen für den Tag.

19. März

On second thought (auf dem zweiten Gedanken): Vielleicht verkaufen sich Peinlichkeiten besser als Iphorismen.

20. März

Fontane ist keine moderne Rechtschreibung für ‚von Tanne'.

21. März

Gerade las ich „Wahl der deutschen Weinkönigin". Gibt es auch eine deutsche Quarkkönigin?

22. März

Von einem Hefeteig geweckt zu werden, ist erschreckend. Besitzer von Pengdosen werden dies bestätigen können.

23. März

Wann gibt es den Dark Mode für Bücher?

24. März

„Das habe ich vor einiger Zeit in der Vergangenheit geschrieben." (Zitat aus Hilfetexten des Programms Papyrus – passt immer!)

25. März
Wäre heute der 25. März 2525, so wäre es ein bemerkenswertes Datum.

26. März
Statt Schulnoten sollten XP gegeben werden.

27. März
Statt Versetzung Aufstieg in ein neues Level!

28. März
Ich kaufe Handys prinzipiell immer drei Tage, bevor die bessere Version erscheint, oder 2 Tage, bevor sie 30 Prozent im Preis fallen.

29. März
Verbessern statt verändern. Diese Maxime gerät in Vergessenheit.

30. März
Icons fördern nicht die Lesefähigkeiten.

31. März
Piktogramme verstehe ich oft schlechter als Geschriebenes.

1. April

Meine Uhr sagt mir, dass ich ein recht entspannter Mensch bin. Gut. Das hätte ich ihr aber auch sagen können.

2. April

Wer gibt Kalkülsamkeitsratgeber heraus?

3. April

Warum steht auf meinem Notizzettel: „Die unbekannte Nonne"?

4. April

Der 4.4. ist fast noch schöner als der 5.5.

5. April

Überlegung: Wenn mir für einen Tag gar nichts einfällt, schreibe ich: „Mir fällt für heute nichts ein." Ich bin nicht sicher, ob das gut ist.

6. April

Fand ich nie lustig: Wer nichts wird, wird Wirt.

7. April

Geburtstage sind auch nicht mehr das, was sie mal waren.

8. April

Der Kokon-Heizer brütet Eier aus. Wer's nicht versteht, spielt falsch.

9. April

Die Vorstufe zum Vielfraß ist der Vierfraß.

10. April

Wer doof ist, kann sich auch selbst lieben.

11. April

Was wäre ein Volkslauf ohne Mitläufer!

12. April

Nur eine Ode ist öder als eine Öde. Oder?

13. April

Wenn heute Freitag ist, ist es ein Freitag der Dreizehnte. Was für eine Erkenntnis!

14. April

Aufopferungsfaul – ein wunderbares, leider gestohlenes Wort.

15. April

„Ich muss meinen Kumpel füttern!" Das versteht jeder Pokémon-Spieler.

16. April

Langweilige Rätsel erkennt man schon daran, dass der Gewinn ein Raclettegerät ist.

17. April

Warum ist heute nicht der 17. Dezember oder der 26. April?

18. April

Manchen Menschen blaut vor nichts.

19. April

Quälitätsmanagement kommt vor oder nach Mobbing.

20. April

Treu? Scheu? Warum?

21. April

Das schöne Wort ‚Wachstumscase' aus der Bankersprache kann nur mit Wachstumskäse übersetzt werden.

22. April

Der dümmste Spruch, den ich je gelesen habe und über den ich mich jedes Mal erneut ärgere, wenn ich daran vorbeigehe: „Nur Friseure können, was Friseure können."

23. April

Wie wär's mal mit: „Zwei bezahlen, und eins bekommen"?

24. April

Wer ständig über sein Alter witzelt, ist nicht selbstironisch, sondern verzweifelt.

25. April

Es geht in die Küche. Männliche und weibliche Formen sind damit abgedeckt.

26. April

Exzellentes Entgendern: Leutinnen und Leutschaften.

27. April

Früher galt der Deutsche als fleißig. Ich erkenne ihn eher als jammrig.

28. April

Versteht man das Grundgesetz als Kompositum, kann man es auflösen in Gesetz von Grund.

29. April
Egal ist achtundachtzig, sagte meine Großmutter. Ich sage: Spitz ist 77.

30. April
Was ist besser als gut? Besser.

1. Mai
Jedes ist eines Glückes Schmied.

2. Mai
Dein Glück liegt in den Augen der anderen. Manche nennen das Neid.

3. Mai
Die Welt ist mit Passwörtern verhagelt.

4. Mai
Wer einmal verzweifeln möchte, sollte eine alte Smartwatch mit einem neuen Smartphone verbinden. Klappt? Pech gehabt.

5. Mai
Weder Aphorismen, Iphorismen noch Phorismen sind ein Tagebuch.

6. Mai

Bald wird der Unterschied zwischen Forum und Phorismus schmelzen.

7. Mai

Wer berechnet bitte die Energieersparnis, wenn endlich alle aufhören, Videos und Fotos weiterzuleiten?

8. Mai

Er wurde von der Pampel geküsst, der Glückliche.

9. Mai

Sei ein Tatfinder – jeden Tag einen guten Pfad.

10. Mai

Manchen ist nichts peinlich, anderen ist nichts heilig. Aber allen ist es peinig oder heinlich.

11. Mai

Mir schmeckt nichts besser, wenn oder weil es gesund ist.

12. Mai

Frankfurter (Würstchen) kommen aus Frankfurt am Main. Im Ausland ist man toleranter.

13. Mai

Der 35. Mai ist leider nicht die Umkehrung des 13. Mai. Sonst könnte ich das nutzen.

14. Mai

Beginnt ein Absatz oder Satz mit „Interessanterweise" oder „Es ist interessant ...", so sind Langeweile und Bedeutungslosigkeit Programm.

15. Mai

Witz-ich, witz-du, witz-er usw.

16. Mai

Ist ein Seufzer wie ‚ach ja ...' eine positive Äußerung?

17. Mai

Dafür, dass es heute trocken sein soll, ist es ganz schön nass.

18. Mai

Nölmodus ist besser als Jammermodus.

19. Mai

Ich möchte nicht, dass Rossmann mich duzt. Überhaupt mag ich diese allgemein Duzerei nicht.

20. Mai

Nur weil Aroma draufsteht, muss kein Aroma zu schmecken sein.

21. Mai

Nur die ewig Gestrigen denken jetzt schon an Weihnachten.

22. Mai

Jeden Tag ein Iphorismus – und wenn ich es nicht schaffe, zählen dann Tage mit zwei oder drei dafür?

23. Mai

Wenn's stockt, dann stockt's.

24. Mai

In 11 Tagen ist der 35. Mai, Erich.

25. Mai

Einem Menschen mit Depressionen hilft die Ansage „Aber anderen geht es doch viel schlechter als dir" definitiv nicht.

26. Mai

Noch 70 Tage, dann bin ich durch.

27. Mai

Wäre der Jahresbeginn auf den 28. Mai festgelegt worden, dann wäre heute Silvester.

28. Mai

Nicht alles, was lange weilt, langweilt.

29. Mai

Da scheuen wir weder Kühe noch Mosten.

30. Mai

Um zu wissen, ob es schneit, braucht es keinen Blick aus dem Fenster. Das Handy reicht.

31. Mai

Ich habe am 9. Jan. 2021 einen Stollen (Christstollen) gebacken. Ist das nur ein gesellschaftlicher Fauxpas oder ereilt mich nun das Fegefeuer?

1. Juni

She ate her dessert in a deserted desert.

2. Juni

Urbane Märchen per WhatsApp. Wunderbar.

3. Juni

Es gibt Menschen, die nicht wissen, warum eine Rundstricknadel Rundstricknadel heißt.

4. Juni

Obwohl man ja angeblich Äpfel nicht mit Birnen vergleichen kann, esse ich lieber Äpfel.

5. Juni

Das Leckerste beim Kuchenbacken ist immer noch der rohe Teig. Als ich so Mitte 20 war, habe ich mir einmal rohen Teig nur zum direkten Verzehr hergestellt.

6. Juni

Dennoch finde ich es abartig, dass man heute im Kühlregal rohen Teig zum ‚Naschen' kaufen kann.

7. Juni
Gibt es überhaupt noch Dokus, die nicht penetrant mit Musik durchsetzt sind?

8. Juni
Der Patient*in – ein Ungetüm ohne weiblichen Artikel.

9. Juni
Wer Lockdown meint, sollte nicht Ausgangssperre sagen.

10. Juni
Das Wort ‚Stillstand' ist eine Erfindung derer, die alle drei Sekunden auf die Uhr schauen.

11. Juni
Nur der Ungeduldige kennt Stillstand.

12. Juni
Der schlimmste Fall für Veganer kann ein Wurst-Case-Szenario sein.

13. Juni

Ich habe das Wort ‚Gästin' mal satirisch benutzt. Nur um jetzt festzustellen, dass es Leute gibt, die das ernsthaft benutzen.

14. Juni

Das Perfekte ist nur dank des Imperfekten perfekt.

15. Juni

Huch, wie komme ich denn hierher? Viele sagen dann: hierhin.

16. Juni

Das Gegenteil von Networking ist selbstverständlich unnett Working.

17. Juni

Aus derselben Ecke: unnett Etikett.

18. Juni

Bald hole ich mich selbst ein. Das war so nicht geplant. Und wenn das keiner versteht, macht das nichts. In vier Jahren verstehe ich es hoffentlich auch nicht mehr.

19. Juni

Peinlichkeit ist besser als Reinlichkeit.

20. Juni

Manche sind artig, manche eigen und ganz viele eigenartig.

21. Juni

Ein Jahr Aphorismen scheint mir immer noch möglich. Ein zweites jedoch schwierig.

22. Juni

Zweibildung klingt wie ein schlechter Kalauer und ist es auch.

23. Juni

Früher hat man sich für Rechtschreibfehler geschämt, und das nicht nur, wenn man einen Universitätsabschluss hatte. Heute zuckt man mit den Schultern: „Man weiß doch, was gemeint ist."

24. Juni

„Weniger ist mehr", sagte der Arbeitgeber und halbierte das Gehalt seiner Angestellten.

25. Juni

Bei manchen Geschäftsführern kann man eher von deren Angstgestellten sprechen.

26. Juni

Coffeeshirts sind die neue Alternative zu Teashirts.

27. Juni

Wenn ich einen Literaturprofessor an meiner Seite brauche, um eine Geschichte zu verstehen: Wer schwächelt denn hier, der Autor oder ich?

28. Juni

Wäre die Entwicklung der Unabhängigkeit Amerikas anders gewesen, wenn die Engländer mehr Kaffee als Tee tränken?

29. Juni

Greetings from the whole forest. Die bekam ich an meinem vorletzten Geburtstag.

30. Juni

Ich hoffe, ich bin auch mit 90 Jahren noch bereit, mir ein neues Sofa zu kaufen.

1. Jumi
Nicht vergessen: Der Jumi ist der vergessene Monat des 13-monatigen Jahres.

2. Jumi
In einem Jahre hatte ich fünf Lose einer großen Supermarktkette. Unfassbar – ich habe nichts gewonnen. Nicht mal Spammails.

3. Jumi
Zwischen vermischen und vermissen liegt ein einziger Laut. Oder zwei Buchstaben gegen einen.

4. Jumi
Ich wünschte, ich könnte schreiben wie Ferdinand von Schirach. Seufz.

5. Jumi
Wenn ich ein Vöglein wär und auch zwei Flügel hätt', könnt' ich kein Pizzalein backen.

6. Jumi
Ich kannte eine Frau, die war zu stolz einen Rollator zu benutzen. Sie ist zu Tode gestürzt, im

Haus. Ich hoffe, ich wäre in entsprechender Situation nicht so stolz.

7. Jumi
Seit einigen Wochen kann ich sagen: „Ja, ich bin eine Unfallzeugin!" Zum Glück ein kleiner Blechschaden ohne Alptraumfolgen.

8. Jumi
Juni hat 30 Tage, Juli 31. Hat Jumi 30,5 Tage?

9. Jumi
Manche Sprichwörter und Redewendungen bewahrheiten sich im Leben. Edel sei der Mensch, hilfreich und gut, ist ja auch nix Schlechtes.

10. Jumi
Man kann sich seine Familie nicht aussuchen. Stimmt. Aber man kann sie ausschließen aus seinem Leben.

11. Jumi
Wie kann man gehäkelte Topflappen für 2,50 Euro das Paar anbieten? Ein Stundenlohn von 1,25 Euro?

12. Jumi
Diese Sammlung wäre schon dreimal so dick, wenn ich nicht meine tollsten Einfälle innert weniger Minuten vergäße.

13. Jumi
Es gibt einige Schweizer Wörter, die sind so herrlich speziell.

14. Jumi
Widerrechtlich geparkte Matratzen werden kostenpflichtig abgeschleppt.

15. Jumi
Was passiert, wenn Windows 10 ab 2025 nicht mehr betreut wird? Vielleicht liest dies jemand 2025 und kann die Frage beantworten.

16. Jumi
Was passiert, wenn ich abgeschaltet werde? Vielleicht liest dies jemand danach und kann die Frage beantworten.

17. Jumi
Heute habe ich entdeckt, dass es auch Rundstricknadeln der Länge 200, 250 und 300 cm gibt. Und ich hatte gedacht, mein Set sei endlich komplett.

18. Jumi
Wetterberichte überschlagen den Jumi. Unfair!

19. Jumi
Wenn der Wahltag für die Bundestagswahl doch endlich vom September auf den dritten Sonntag im Jumi verschoben würde!

20. Jumi
Woher ich all' die Ideen habe? Ich habe gar keine, sie sind alle geklaut.

21. Jumi
Der Jumi enthält viel zu lange Iphorismen. Das beschäftigt mich.

22. Jumi
Wer den Jumi nicht ehrt, ist des Julis nicht wert. Also: Alle Jumi-Nichtverehrer bitte hier mit dem Lesen aufhören! Die ersten Juli-Tage bitte auch vorne rausreißen.

23. Jumi
Ich werde Einsteiger, nachdem die Welt ja mit Aussteigern zugeballert ist.

24. Jumi
Ich muss Beherrschung zeigen. Denn Sprichwörter eignen sich hervorragend zum Iphorismisieren.

25. Jumi
Der marinierte Manierismus steht direkt neben dem manirierten Marinismus, wobei ich die manierierte Marinade bevorzuge.

26. Jumi
Seit Tagen ist meine Spülmaschine mittags voll und ich muss spülen. Kann sie sich nicht einfach abends erst füllen?

28. Jumi
Ein 20-%-Gutschein ist toll, ein 50-%-Gutschein noch toller. Aber wenn mir im Laden nix gefällt? Dann verfällt er, davon profitiert der Laden. Winwin für den Laden.

29. Jumi

Neonlicht sollte Pflicht sein. Dann sind die Räume wirklich hell.

30. Jumi

Rolläden sollten stets halb heruntergelassen sein, damit bei Sonnenschein ein mediterranes Gefühl entsteht.

30,5. Jumi

Wer den Jumi nicht ehrt, ist des Juli nicht wert. Das gilt nicht nur am 22. Jumi.

1. Juli

Bilde aus diesen 45 Begriffen Gruppen von je drei Synonymen oder Antonymen.

2. Juli

Die Pizzen sind bestellt. Das Trinkgeld liegt bereit. Schalte die Überwachungskamera ein!

3. Juli

Errechne, ab welchem Betrag 20 Prozent günstiger sind als 3 Euro.

4. Juli

Wer bis hierher durchgehalten hat, darf sich ein Rezept für Tiramisu suchen.

5. Juli

Verlogen sei der Mensch, hilflos und gut.

6. Juli

Muss ein Pfarrer/Pastor/Pater ein besserer Mensch sein?

7. Juli

Iphorismen können auch in Form einer Frage formuliert werden.

8. Juli

Wäre dies nicht der letzte Tag, könnte ich nun die zehn Gebote der Iphorismen formulieren.

>Überraschung:
>ENDE

Lightning Source UK Ltd.
Milton Keynes UK
UKHW010938021121
393249UK00002B/451